AF103467

www.ingramcontent.com/pod-product-compliance
Lightning Source LLC
LaVergne TN
LVHW010616070526
838199LV00063BA/5168
9789358720389

کچھ جاپانی کہانیاں

(بچوں کی کہانیاں)

مصنف:

غلام عباس

© Taemeer Publications
Kuch Japani Kahaniyaan *(Kids stories)*
by: Ghulam Abbas
Edition: May '2023
Publisher & Printer:
Taemeer Publications, Hyderabad.

ISBN 978-93-5872-038-9

مصنف یا ناشر کی پیشگی اجازت کے بغیر اس کتاب کا کوئی بھی حصہ کسی بھی شکل میں بشمول ویب سائٹ پر اَپ لوڈنگ کے لیے استعمال نہ کیا جائے۔ نیز اس کتاب پر کسی بھی قسم کے تنازع کو نمٹانے کا اختیار صرف حیدرآباد (تلنگانہ) کی عدلیہ کو ہو گا۔

© تعمیر پبلی کیشنز

کتاب	:	کچھ جاپانی کہانیاں
مصنف	:	غلام عباس
صنف	:	ادب اطفال
ناشر	:	تعمیر پبلی کیشنز (حیدرآباد، انڈیا)
زیر اہتمام	:	تعمیر ویب ڈیولپمنٹ، حیدرآباد
سالِ اشاعت	:	۲۰۲۳ء
تعداد	:	(پرنٹ آن ڈیمانڈ)
طابع	:	تعمیر پبلی کیشنز، حیدرآباد -۲۴
صفحات	:	۶۲
سرورق ڈیزائن	:	تعمیر ویب ڈیزائن

فہرست

(۱)	چاند کی بیٹی	9
(۲)	زبان کٹی بلبل	18
(۳)	بھوتوں کی ضیافت	27
(۴)	گیدڑ اور خرگوش	37
(۵)	راشوموں کا دیو	46
(٦)	سچی خوشی	55

پیش لفظ

ایک مہذب اور صاف ستھرے سماج اور ملک و ملت کے زریں مستقبل کے لیے ادب اطفال کی جتنی ضرورت ہمیں کل تھی، آج بھی ہے۔ ان کہانیوں میں وعظ و پند کا شور نہیں بلکہ انسان دوستی اور ہمدردی کی دھیمی دھیمی اور بھینی بھینی مہک ہونی چاہیے۔

بچوں کے ادب کی زبان نہایت آسان ہونی چاہئے۔ طرز ادا اور اسلوب بیان ایسا ہو کہ بچے بخوشی انہیں پڑھیں، ان میں دلچسپی لیں، ان کو پڑھ کر مسرت محسوس کریں۔ کہانیوں میں مختلف دلچسپ واقعات کی شمولیت سے بچوں کی دلچسپی کو بڑھایا جا سکتا ہے۔

چند قدیم جاپانی کہانیوں کو ممتاز ادیب غلام عباس نے اردو زبان میں پیش کیا ہے جس کا تعمیر پبلی کیشنز کی جانب سے جدید ایڈیشن شائع کیا جا رہا ہے۔

دیباچہ

پیارے بچو۔ یوں تو تم ہر روز نئی نئی کہانیاں پڑھتے رہتے ہو۔ لیکن ایسی کہانیاں تمہارے پڑھنے میں بہت کم آئی ہوں گی۔ جن سے تمہاری معلومات میں اضافہ ہو اور تمہیں غیر ملکوں کے حالات معلوم ہوں۔ اسی کمی کو دیکھتے ہوئے میں نے تمہارے لئے مُلک مُلک کی کہانیاں جمع کرنے کا سلسلہ شروع کیا ہے۔ جاپانی کہانیاں اِس سلسلے کی پہلی کتاب ہے ॥

جاپان پہاڑی مُلک ہے۔ اور پہاڑوں میں رہنے سے وہاں کے لوگ جفاکش دلیر اور مضبوط ہوتے ہیں۔ یہی وجہ ہے۔ کہ چھوٹا سا ملک ہونے کے باوجود اِس نے اِس قدر ترقی کر لی ہے کہ آج دنیا کی بڑی سے بڑی سلطنتوں میں اِس کا شمار ہوتا ہے ॥

جاپانیوں کو پرندوں پھولوں اور درختوں سے بہت پیار ہے کبھی جاپانی کے دل سے پوچھو کہ وہ سماں بھی کیسا سماں ہوتا ہے جب شاہدانے کے پیڑوں میں شگوفے پھوٹ رہے ہوں۔ ان کی کہانیاں زیادہ تر

انہیں چیزوں سے متعلق ہوتی ہیں۔ اور ان میں شاعری اور خوب صورتی اور لطافت کُوٹ کُوٹ کر بھری ہوتی ہے۔

مگر ان کہانیوں کے جمع کرنے میں مَیں نے اس بات کا خیال رکھا ہے کہ تمہیں ہر قسم کی کہانیاں ملیں۔ "چاند کی بیٹی" شاعرانہ کہانی ہے۔ "نو ر انشوموں کا دیو" بہادری کا کارنامہ ہے۔ "بھوتوں کی ضیافت" اور "زبان کٹی بلبل" مذاقیہ کہانیاں ہیں۔ مگر اخلاق سے بھری ہوئی۔ "گیدڑ اور خرگوش" ایسے کو تیسا والی مثل پر پوری اُترتی ہے۔ اور آخری کہانی "سچی خوشی" میں ایک گہرے سبق کو آسان پیرائے میں بیان کیا گیا ہے۔ انسان طرح طرح کی چیزوں کی ہوس کرتا ہے اور سمجھتا ہے کہ ان کے حاصل ہونے پر وہ بہت خوش ہو جائے گا۔ مگر اُس کا یہ خیال غلط ثابت ہوتا ہے۔ اور جب وہ دل لگا کر محنت کرتا ہے تو "سچی خوشی" اُسے اپنے ہی کام میں حاصل ہو جاتی ہے۔

غلام عباس

چاند کی بیٹی

ایک دفعہ کا ذکر ہے کہ جاپان کے ایک پہاڑی علاقہ میں ٹوگو نامی ایک لکڑہارا اور اُس کی بیوی رہا کرتے تھے۔ دونوں بوڑھے تھے۔ اور اُن کے کوئی اولاد بھی نہ تھی۔ جو کما کر کھلاتی۔ اس لئے بے چارا لکڑہارا خود ہی صبح کو گھر سے نکل جاتا۔ اور سارا دن جنگل میں بانس کاٹتا رہتا۔ شام پڑتی تو ایک بڑا سا گٹھا پیٹھ پر لاد کر لے آتا۔ اِسے بیچ کر دونوں میاں بیوی گزارہ کیا کرتے تھے۔

ایک دن شام کے وقت وہ بانسوں کا گٹھا پیٹھ پر لادے جنگل سے گھر کی طرف آرہا تھا۔ کہ یکایک اُسے جھاڑیوں میں سے ایک عجیب قسم کی سُنہانی روشنی نکلتی ہوئی نظر آئی۔ لکڑہارا بہت حیران ہوا۔ اور دل میں کہنے لگا۔ کہ یہ روشنی کیسی ہے؟ کیا آسمان سے کوئی ستارہ تو ٹوٹ کر نہیں گر پڑا؟

اُس نے ڈرتے ڈرتے پتّوں کو پرے ہٹایا۔ دیکھتا کیا ہے۔ کہ زمین پر ایک ننھی مُنّی پلنگڑی بچھی ہوئی ہے۔ اور اُس پر ایک ننھّی سی بچی ایسا رومال اوڑھے ہوئے جو معلوم ہوتا تھا۔ کہ چاند کی کرنوں سے بُنا ہے۔ پڑی سو رہی ہے + یہ روشنی اُسی کے چہرے سے نکل رہی تھی۔ اور وہ ایسی حسین تھی۔ کہ اُس کے ساتھ کی لڑکی دنیا کے تختہ پر کہیں نہ ہوگی ٭

لکڑہارے کے پاؤں کی چاپ سُن کر بچی جاگ اُٹھی۔ اپنی خوب صورت آنکھیں کھول کر لکڑہارے کی صورت دیکھی۔ تو مسکرانے لگی۔ اور اپنے ننھے ننھے ہاتھ اُس کی طرف بڑھا دیئے ٭

لکڑہارا کہنے لگا:۔ اے بچی میں نہیں جانتا۔ کہ تو کس کی بیٹی ہے + کہاں سے آئی ہے۔ مگر میں تجھے اپنے گھر لے چلوں گا۔ وہاں میری بیوی تجھے اپنی اولاد کی طرح رکھے گی" ٭

لکڑہارا اِس چھوٹی سی پلنگڑی کو اُٹھا کر اپنے گھر لے آیا۔ اور اس کی بیوی جو بچے کی صورت دیکھنے کو ترس گئی تھی۔ اس بچی کو دیکھ کر بہت خوش ہوئی + اُس نے بچی کو اپنی گود میں لے لیا۔ اور جی بھر کر پیار کیا + اُس دن سے بچی لکڑہارے کے گھر میں پلنے لگی + لکڑہارا اور اُس کی بیوی اُس کی ایسی خبرداری رکھتے۔ جیسے یہ اُن کے اپنے ہی دل کا ٹکڑا ہو۔ اور یہ بچی بھی کچھ ایسی بھاگوں والی تھی۔

کہ اِس کے آتے ہی لکڑ ہارے کے دن پھر گئے۔ اور اُس کا خوب گزارہ ہونے لگا۔

آج کچھ۔ کل کچھ۔ پندرہ بیس برس میں وہی بچی ایک نہایت حسین عورت نکل آئی۔ ایسی خوب صورت جیسے چاند۔ ایسی نازک جیسے گلاب کی پتی۔ سارے جاپان میں اُس کے حُسن کی دھوم مچ گئی۔ کیا چھوٹے۔ کیا بڑے۔ کیا امیر کیا غریب۔ سب اُسے چاہنے لگے۔ شاعر اُس کے گیت بنا بنا کر گاتے۔ ملک کے بڑے بڑے بہادر اور سورما طرح طرح کے کارنامے کر کے دکھاتے۔ کہ اُنہیں سُن کر وہ اُن میں سے کسی سے شادی کر لے۔ مگر وہ کسی سے بھی شادی کرنے پر رضامند نہ ہوئی۔

پہنچتے پہنچتے جاپان کے بادشاہ تک بھی یہ خبر جا پہنچی۔ جب اس نے لکڑ ہارے کی بیٹی کے حُسن کا اِس قدر چرچا سنا۔ تو وہ بھی فوراً اُسے اپنی ملکہ بنانے کو تیار ہو گیا۔ لکڑ ہارے اور اُس کی بیوی کو یہ بات معلوم ہوئی۔ تو قریب تھا کہ خوشی سے دیوانے ہو جائیں۔ جھٹ اپنی بیٹی کو یہ خوش خبری سنانے لگے۔ مگر اُس نے سُنتے ہی اپنا منہ پھیر لیا۔ لکڑ ہارے نے لاکھ زور لگایا۔ مگر اُس نے اِس سے زیادہ کچھ نہ کہا۔ "ابا جان ہم لوگ آپس میں محبت ہی کرنا جانتے ہیں۔ شادی گویا ہماری موت ہے۔"

اِس کے بعد جب کبھی بھی دباؤ ڈال کر اس سے شادی نہ کرنے کا سبب پوچھا جاتا۔ تو وہ آہ بھر کر رونے لگتی۔ مگر زبان سے کچھ نہ کہتی لکڑہارے نے سوچا ابھی بچّہ ہے۔ تھوڑے دنوں میں آپ مان جائے گی۔ اتنے بڑے ملک کی ملکہ بننا کچھ تھوڑی سی بات ہے؟ بادشاہ کو کہلا بھیجا کہ حضور میں اپنی بیٹی کو چھ مہینے کے اندر اندر آپ کی نذر کر دوں گا۔

بہار آئی۔ درختوں میں شگوفے پھوٹے۔ مگر اس موسم کے آتے ہی لکڑہارے کی بیٹی کے مزاج میں بہت فرق پڑ گیا۔ اب وہ ہر وقت چُپ چُپ سی رہتی۔ شام پڑتی۔ تو کوٹھے پر چڑھ جاتی۔ اور شہ نشین پر بیٹھ کر چاند کو ہری بھری پہاڑیوں کے پیچھے سے اُبھرتے ہوئے دیکھتی رہتی۔ اُس کی سوتیلی ماں لکڑہارے کی بیوی جب کبھی بھی اُسے اوپر دیکھنے آتی۔ تو دیکھتی۔ کہ یا تو وہ رو رہی ہے اور یا اس نے اپنے ہاتھ چاند کی طرف اُٹھا رکھے ہیں۔

گرمی کا موسم آیا۔ اور اُس کا غم چھپائے نہ چھپ سکا۔ راتوں کو وہ نئے چاند کو بڑھتے ہوئے دیکھا کرتی۔ آخر تیرھویں کا چاند نکل آیا۔ تو وہ اپنے باپ لکڑہارے کے پاس گئی۔ اور اُسے کہنے لگی۔ اُبّا جان کل رات جب چودھویں کا پورا چاند نکلے گا۔ تو میں اپنے گھر چلی جاؤں گی۔

لکڑہارے نے حیران ہو کر پوچھا "بیٹی میں نے تو تمہیں جنگل میں بالکل تنہا پایا تھا۔ تمہارا گھر کہاں؟"

اس کی بیٹی نے جواب دیا "میرا گھر وہاں ہے" یہ کہہ کر اس نے اپنی انگلی چاند کی طرف اُٹھائی "کل رات وہ مجھے لینے آئے گا"۔

لکڑہارے نے ذرا بگڑ کر کہا "کون لینے آئے گا؟"

اُس نے آہ بھر کر کہا "چاند بادشاہ۔ میرا باپ"۔

چاند بادشاہ کا نام سُن کر لکڑہارے کے ہوش گُم ہو گئے۔ وہ اپنی بیٹی کے پاؤں پر گر پڑا۔ اور منتیں کرنے لگا کہ خدا کے لئے ہمیں چھوڑ کر نہ جاؤ۔

وہ بولی "۔ ابا جان تین مہینے سے مَیں اُن کے آگے التجائیں کر رہی ہوں۔ کہ مجھے یہیں رہنے دیں۔ مگر وہ میری ایک نہیں سنتے۔ آہ! کل رات وہ مجھے لینے آجائیں گے"۔

لکڑہارا وہاں سے اُٹھا۔ اور جلدی جلدی یہ تمام بات بادشاہ کو لکھ کر قاصد کے ہاتھ بھیج دی۔ بادشاہ خط پڑھ کر بہت فکرمند ہوا وہ دوسرے دن شام سے پہلے پہلے لکڑہارے کے گھر کے پاس پہنچ گیا۔ اُس کے ساتھ دو ہزار نہایت سورما اور جانباز سپاہی تھے۔ ان کے ہاتھوں میں لمبی لمبی برچھیاں اور تیر کمان تھے۔

اب لگی رات پڑنے۔ بادشاہ اور اُس کی فوج نے لکڑہارے کے

گھر کو گھیر لیا۔ گھر کے اندر لونڈیاں باندیاں تیز اور نوک دار برچھیاں تان کر کھڑی ہو گئیں۔ لکڑہارے کی بیوی نے، بیٹی کو اپنی گود میں لے لیا۔ لکڑہارے کے زمین پر پاؤں نہ ٹکتے تھے۔ تلوار سونت کر کبھی اندر جاتا تھا کبھی باہر۔ بار بار کہتا۔ "دیکھ لوں گا کون سے ایسے بہادر آتے ہیں۔ جو ہمارے بادشاہ کے سورماؤں کے آگے جیتے بچے رہیں گے"۔

اُس کی بیٹی نے جواب دیا۔ "چاند کے بسنے والے کبھی نہیں مرتے"۔

"یہ کیوں؟"

"میں نہیں جانتی۔ شاید یہ وجہ ہو کر اُنہیں کوئی غم نہیں ہوتا"۔

"اگر نہیں ہوتا تو آج ہو جائے گا"۔

ابھی وہ یہ کہہ ہی رہا تھا۔ کہ اتنے میں چودھویں کا چاند نمودار ہوا دور سے بِگل کے بجنے کی آواز آئی۔ اور چاند میں سے ایک نورانی بادل نیچے اُترنا شروع ہوا۔ اُس بادل میں سے ایسی زبردست روشنی نکل رہی تھی۔ کہ دن چڑھا ہوا معلوم ہوتا تھا۔ زمین پر کیڑے مکوڑے چلتے ہوئے صاف دکھائی دیتے تھے۔ اور درختوں کا ایک ایک پتّا نظر آتا تھا۔ اگر کوئی چاہتا تو دور ہی سے کھڑے تمام پتّوں کو گن سکتا تھا۔

اِس روشنی کا کچھ ایسا اثر ہوا۔ کہ بادشاہ اور اُس کے دو ہزار سورما

سپاہی بُت بنے کھڑے دیکھتے کے دیکھتے رہ گئے۔ کسی کے مُنہ سے ایک لفظ نہ نکلا۔ تلواریں اور برچھیاں ہاتھوں ہی میں پکڑی رہ گئیں۔ کمانوں کے چلّے چڑھے ہی رہ گئے۔

اتنے میں وہ نورانی بادل زمین پر آ لگا۔ اس میں ایک نہایت ہی خوب صورت شخص بیٹھا ہوا تھا۔ اُس کا چہرہ کیا تھا۔ گویا نور کی مشعل جل رہی تھی۔ اور اُس کی پوشاک ایسی عجیب و غریب تھی۔ کہ دنیا کے کسی بادشاہ نے خواب میں بھی نہ دیکھی ہوگی۔ اس بادل کے زمین پر اُترتے ہی اَور بھی کئی بادل اُترنے شروع ہوئے۔ اُن میں فوج بھری ہوئی تھی۔

چاند بادشاہ اپنے نورانی بادل سے نیچے اُترا۔ بوڑھا لکڑہارا زمین پر منہ کے بل پڑا ہوا تھا۔ اس کے پاس گیا۔ اور کہا۔ "اے بوڑھے میری بیٹی میرے حوالے کر۔"

لکڑہارے نے اُس کے پاؤں پر سر رکھ کر کہا۔ "حضور! وہ تو بیس سال سے میری بیٹی ہے۔"

چاند بادشاہ نے کہا۔ "آج پورے بیس برس ہوگئے کہ میری بیٹی نے مجھے ناراض کر دیا تھا۔ سزا دینے کے لئے میں نے اُسے تمہاری اِس اندھیری دنیا میں بھیج دیا تھا۔ اب سزا کی مدّت ختم ہوگئی ہے۔ جاؤ اُسے میرے پاس لاؤ۔"

لکڑ ہارے نے کانپتے ہوئے جواب دیا۔ "حضور! وہ بیمار ——"

ابھی اُس نے فقرہ ختم بھی نہ کیا تھا۔ کہ چاند بادشاہ نے پکار کر کہا۔ "بیٹی!"

اسی وقت لکڑ ہارے کے مکان کے سب دروازے آپ ہی آپ کھل گئے۔ اور اُس کی بیٹی روتی ہوئی باہر نکل آئی۔ آنسو اُس کے گالوں پر چمک رہے تھے۔

چاند بادشاہ نے حیران ہو کر پوچھا۔ "بیٹی یہ تیرے گالوں پر کیا ہیں؟"

اُس نے جواب دیا۔ "آنسو۔ غم کے آنسو"۔

یہ سُن کر چاند بادشاہ اپنے بادل کی طرف گیا۔ اور وہاں سے ایک پروں والی پوشاک نکال کر لے آیا۔ جیسے ہی اُس نے اپنی بیٹی کو پروں والی پوشاک پہنائی۔ تو فوراً اُس کے آنسو سُوکھ گئے۔ اور وہ اِس دنیا کی سب باتیں اور لکڑ ہارے اور اُس کی بیوی کی محبت بھول گئی۔ جیسے وہ یہاں کبھی آئی ہی نہ تھی۔

تب چاند بادشاہ نے اُسے اپنے ساتھ نورانی بادل میں بٹھا لیا کہ اتنے میں بگل پھر بجا۔ اور یہ نورانی بادل زمین سے اُٹھنے لگا۔ اس کے بعد ہی تمام بادل اُڑنے شروع ہو گئے۔ اور آن کی آن میں سب کے سب چاند کے پاس پہنچ گئے۔ وہاں پھر بگل بجا۔ چاند کے

دروازے کھل گئے۔ تمام آسمان جگمگا اُٹھا۔ اور چاند بادشاہ اپنی فوج سمیت چاند میں داخل ہو گیا۔ دیکھنے والے دیکھتے ہی رہ گئے۔ کہ چاند کے دروازے بند ہو گئے۔ اور اسکے ساتھ ہی آسمان پر ویسا ہی اندھیرا چھا گیا۔ ہاں ایک پَر۔ جو چاند کی بیٹی کی پروں والی پوشاک سے جھڑ کر زمین پر گر پڑا تھا۔ رات کی سیاہی میں چمک رہا تھا ٭

زبان کٹی بُلبُل

کسی گاؤں میں ایک بوڑھا جاٹ اور اُس کی بیوی رہتے تھے۔ بوڑھا جاٹ نیک اور محنتی تھا۔ مگر اُس کی بیوی مزاج کی چڑچڑی تھی۔ ہر وقت کسی نہ کسی بات پر بُڑبُڑاتی رہتی۔ بوڑھا جاٹ اپنی بیوی کے مزاج سے واقف ہو چکا تھا۔ اِس لئے وہ اُس کی باتوں کی بالکل پرواہ نہ کرتا تھا۔ دن بھر وہ کھیتی باڑی کا کام کرتا۔ اولاد کوئی تھی نہیں۔ اِس لئے دل بہلانے کو ایک بُلبُل پال رکھی تھی۔ جب شام کو کھیت کے کاموں سے فارغ ہو کر گھر آتا۔ تو اِسی بُلبُل سے جی بہلانے لگتا۔ بیوی سے بات نہ کرتا۔ جانتا تھا کہ بیوی بیگم کے سر پر تو ہر وقت غصے کا بھوت چڑھا رہتا ہے۔

وہ ننھی بُلبُل سے باتیں کرتا۔ اُسے طرح طرح کے کرتب سکھاتا۔ جنہیں وہ جھٹ پٹ سیکھ لیتی تھی۔ اکثر اوقات وہ بُلبُل کو پنجرے

سے نکال دیتا۔ اور بلبل اِدھر اُدھر گھوم گھام کر واپس آجاتی۔ بعض دفعہ اُسے بند ہی نہ کرتا۔ اور وہ گھر ہی میں کُھلی اڑتی پھرتی۔ غرض بوڑھے جاٹ اور بلبل میں بڑی محبّت تھی۔

ایک دن جاٹ تو گھر سے کہیں باہر گیا ہوا تھا۔ بیوی نے کپڑے دھونے شروع کر دیئے۔ پاس ہی ایک پیالے میں چاولوں کی پیچ نکال رکھی تھی۔ اتنے میں کسی کام کے لئے اندر گئی۔ مگر پھر جو باہر آ کر دیکھتی ہے۔ تو پیچ غائب! عین اسی وقت بلبل دیوار پر سے اُڑ کر نیچے آئی۔ اُس کی چونچ پیچ میں بھری ہوئی تھی۔ بڑھیا نے دیکھا تو اُس کے غصے کی کوئی حد نہ رہی۔ بلبل زمین پر لوٹنے لگی۔ بار بار اپنے پَر پھڑپھڑاتی۔ گویا منتیں کر کے کہنا چاہتی تھی کہ "بھولے سے کھا گئی ہوں۔ پھر کبھی نہ کھاؤں گی۔ معاف کر دو"۔

لیکن غصے سے بھری ہوئی بڑھیا جسے بلبل سے صرف اُس لئے نفرت تھی۔ کہ اُس کا میاں اسے چاہتا تھا۔ ذرا نہ پسیجی۔ وہ تو خدا سے چاہتی تھی کہ کوئی بہانہ ہاتھ آئے تو بلبل کی اچھی طرح خبر لے۔ اُس نے ننھی بلبل کو مٹھی میں پکڑ لیا۔ خوب جھنجھوڑا۔ مارا۔ مگر اِس پر بھی بس نہ کیا۔ جھٹ قینچی سے اُس کی زبان کاٹ ڈالی اور کہا۔ "کیوں ری اِسی زبان سے میری پیچ کھائی تھی نا۔ جا مُنہ کالا کر۔ پھر اپنی صورت کبھی نہ دکھائیو"۔

بے چاری بلبل کے مُنہ سے خون بہہ رہا تھا۔ وہ وہاں سے اُڑ گئی۔ میدانوں اور ہرے بھرے کھیتوں سے بھی دور نکل گئی۔ بڑھیا پھر کپڑے دھونے میں مشغول ہو گئی۔ اور سارے دن بُڑ بُڑاتی رہی۔

شام کو جب بوڑھا جاٹ گھر آیا۔ تو اُس نے اپنی بُلبُل کو کہیں نہ پایا۔ بڑھیا نے جھوٹ باتیں بنانی شروع کر دیں۔ "ان پرندوں کی ذات ہی بے وفا ہے۔ جتنا اُن سے سلوک کرو۔ یہ اُسی قدر سر پر چڑھ جاتے ہیں۔ میں نہ کہتی تھی تمہاری بُلبُل کسی نہ کسی دن ضرور دھوکا دے کر اُڑ جائے گی۔ سو دیکھ لیا۔ آج میری بات سچی ہو گئی۔" تھوڑی دیر چُپ رہ کر پھر کہنے لگی۔ "چلو جانے دو ایک معمولی سے پرند کا کیا غم کرنا۔"

بوڑھے جاٹ کو یقین تھا۔ کہ بیوی نے جو کچھ بیان کیا ہے۔ بالکل جھوٹ ہے۔ اِس لئے وہ بڑھیا کے سِر ہو گیا۔ اور اُس وقت تک اُسے چین نہ لینے دیا۔ جب تک کہ کُل حقیقت اسی سے کہلوا نہ لی۔ تب اُس نے اپنے میاں کو بُلبُل کی کٹی ہوئی زبان دکھائی۔ اور کہا۔ "لو دیکھو۔ اُس بدذات کو پیچ کھانے کی کیسی اچھی سزا دی ہے نا؟"

بوڑھا جاٹ اپنی بیوی پر بہت بگڑا۔ اُسے بے حد رنج تھا۔ کہ بے چاری ننھی سی جان کی کیسی گت بنی۔ دوسرے دن اُس نے بلبل کو تلاش کرنے کا پکا ارادہ کیا۔ اور صبح ہی صبح گھر سے نکل کھڑا

ہوا+ سارا دن وہ جنگلوں میں ڈھونڈتا پھرتا رہا۔ جہاں کہیں درختوں کا جھنڈ یا جھاڑیاں نظر آتیں۔ تو وہ اپنی بلبل کو زور زور سے پکارتا مگر بُلبُل کا کہیں پتہ نہ تھا:-

آخر کار جب نا اُمید ہو کر اور تھک کر وہ ایک درخت کے نیچے بیٹھ گیا۔ تو یکایک اُس کے سامنے ایک بُلبُل آن موجود ہوئی۔ وہ کبھی تو اپنے پَر کھول لیتی اور کبھی بند کر لیتی۔ پھر اُس نے ایک ایک کر کے کئی کرتب دکھائے+ جاٹ نے جھٹ اپنی بلبل کو پہچان لیا۔ مگر یہ دیکھ کر اُسے سخت حیرت ہوئی کہ اس کی زبان موجود تھی۔ جس سے وہ نہایت عمدہ جاپانی بولی بولتی۔ اور بُوڑھے جاٹ کے سوالوں کا نہایت خوبی سے جواب دیتی تھی +

اپنی بُلبُل کو پا کر بوڑھا اپنی سب تکلیفیں بھول گیا۔ بے چارہ کس قدر تھک گیا تھا۔ کس قدر بھوکا پیاسا تھا۔ مگر یہ معلوم کر کے اُس کی خوشی کی کوئی انتہا نہ رہی۔ کہ اُس کی بُلبُل کوئی معمولی سا پرند نہیں۔ بلکہ ایک پری ہے جس نے بُلبُل کا روپ بنا رکھا ہے:-

بُلبُل نے اُسے بتایا کہ "میں تمہارا ہی انتظار کر رہی تھی۔ کیونکہ میں جانتی تھی کہ تم ضرور آؤ گے۔ اچھا اب آؤ میں تمہیں اپنے گھر لے چلوں"؟

بُلبُل پری کا مکان بانس کے درختوں کے درمیان بنا ہوا تھا۔

بوڑھا اِس کی خوب صورتی دیکھ کر حیران رہ گیا۔ دودھ کی سی سفید۔ لکڑی کا بنا ہوا تھا۔ اندر فرش پر رنگارنگ کے بیش قیمت قالین بچھے تھے۔ اور دیوار کے ساتھ ساتھ مخمل کے تکیے لگے ہوئے تھے۔

ابھی وہ اِس کمرے کی سجاوٹ کو حیرانی سے دیکھ ہی رہا تھا۔ کہ اتنے میں کمرے کا دروازہ کھلا۔ اور ننھی بُلبُل جو جاٹ کو اِس کمرے میں بٹھا کر آپ باہر نکل گئی تھی۔ ایک نہایت خوب صورت پری بن کر داخل ہوئی۔ اُس نے ایسی بھڑکیلی پوشاک پہنی ہوئی تھی۔ کہ نظر اِس پر نہ ٹھہرتی تھی۔ اُس کے ساتھ ساتھ اُس کی بیٹیاں کئی سینیوں میں طرح طرح کے نفیس کھانے چُن کر لا رہی تھیں۔ یہ سب پریاں بوڑھے جاٹ کے پاس آکر بیٹھ گئیں۔ اور اُس سے اِس طرح باتیں کرنے لگیں۔ جیسے بہت مدّت کی جان پہچان ہے۔ اور جیسے اُس کا اِس کمرے میں بیٹھا ہونا کوئی آج ہی کی بات نہیں ہے۔

بُلبُل پری نے فرش پر ایک نفیس سُتھرا دسترخوان بچھایا۔ اس پر کھانے چُنے۔ پھر بوڑھے جاٹ اور اپنی بیٹیوں کو اِس کے گرد بٹھا کر کھانے کا حکم دیا۔ اور آپ بھی ان کے ساتھ شریک ہوگئی۔ کھانا ایسا لذیذ تھا۔ کہ بیان نہیں ہوسکتا۔ جاٹ گھڑی گھڑی اپنے چٹکیاں لیتا تھا۔ کہ جاگ رہا ہوں یا سوتے میں خواب دیکھ رہا ہوں۔ ایسی

خوشی اُسے اپنی ساری عمر کبھی حاصل نہ ہوئی تھی۔
آخر کار جب وہ رخصت ہونے لگا۔ تو بُلبُل پری نے اُس سے وعدہ لیا۔ کہ کبھی کبھی یہاں ضرور ہو جایا کرنا۔ اِس کے بعد اُس نے اپنی لونڈیوں کو حکم دیا۔ کہ دو صندوق اُٹھا لائیں۔ دونوں صندوق بے حد خوب صورت تھے۔ ایک چھوٹا تھا ایک بڑا۔ بلبل پری نے بوڑھے جاٹ سے کہا کہ "اِن دونوں میں ایک صندوق جونسا چاہو اُٹھا لو۔" جاٹ نے اِس خیال سے کہ اگر بڑا صندوق اُٹھایا تو چلنا دو بھر ہو جائے گا۔ چھوٹا صندوق اُٹھا لیا۔ اور بُلبُل پری کو دعائیں دیتا ہوا رخصت ہو گیا۔
جب بوڑھا جاٹ گھر پہنچا۔ تو اُس کی بیوی پہلے سے بھی زیادہ غُصّے میں بھری بیٹھی تھی۔ میاں کی صورت دیکھتے ہی برس پڑی۔ دیر تک بڑبڑاتی رہی۔ جب غصہ ذرا دھیما پڑا۔ تو جاٹ نے اُسے چھوٹا صندوق دکھایا۔ اور اپنا سارا حال کہہ سُنایا۔ پھر کہا۔ "آؤ اب دیکھیں اس میں کیا ہے۔"
یہ کہہ کر اُس نے چھوٹے صندوق کو کھولا۔ کیا دیکھتے ہیں کہ صندوق اشرفیوں سے لبالب بھرا ہوا ہے۔ دونوں کی خوشی کے مارے باچھیں کِھل گئیں۔ بوڑھا بُلبُل پری کو ہزار ہزار دعائیں دینے لگا۔ کہ اتنے میں بڑھیا کا مزاج پھر تیز ہو گیا۔ کہنے لگی "تم جیسا عقل کا

اندھا بھی کہیں نہ ہوگا۔ بھلا بڑا صندوق لاتے کندھے گھسے جاتے تھے۔ یا کمر ٹوٹ جانے کا ڈر تھا؟ اُس وقت تمہاری عقل کدھر گئی تھی؟"

اب جو بڑھیا نے بُڑ بُڑانا شروع کیا۔ تو رات بھر بڑبڑاتی رہی۔ مگر بوڑھا جاٹ دن بھر کا تھکا ہارا تھا۔ پڑتے ہی سو گیا۔ صبح ہوئی تو لالچی بڑھیا نے دل میں پکا عہد کیا۔ کہ بڑا صندوق میں آپ جا کر لاؤں گی۔ بے چاری بُلبُل کی زبان کاٹنے کے بعد بھی اُسے اس بات کا ذرا خیال نہ آیا۔ کہ کس منہ سے جا کر بُلبُل سے صندوق مانگے گی۔ بوڑھے جاٹ نے اُسے بہتیرا سمجھایا۔ اور روکنا چاہا۔ مگر وہ باز نہ آئی۔ اور آخر اُس جگہ کا پتہ پوچھ ہی لیا۔

بُڑھیا کو اپنے گھر کی طرف آتے دیکھ کر بُلبُل پری بہت حیران ہوئی۔ اُسے اِس کی اُمید نہ تھی۔ تاہم جاٹ کے لحاظ سے وہ اُس سے تپاک سے ملی۔ اور اپنے گھر لے گئی۔ پوچھا "بڑی بی میں آپ کی کیا خدمت کروں؟"

بُڑھیا نے جواب دیا "میرے لئے کھانے والے کی کچھ تکلیف نہ کرو۔ مجھے اِس کی پرواہ بھی نہیں۔ میں تو تم سے بڑا صندوق لینے آئی ہوں۔ جسے میرا خاوند اپنی بے وقوفی کی وجہ سے یہیں چھوڑ گیا تھا"۔

اس کی اس روکھی پھیکی بات کا بُلبُل پری نے کچھ خیال نہ لایا۔ اُس کے لئے یہ کوئی نئی بات تھوڑا ہی تھی۔ اُس نے فوراً اپنی لونڈیوں سے بڑا صندوق منگوایا۔ اور بُڑھیا کے حوالے کر دیا۔ بُڑھیا نے صندوق کو مضبوطی سے پکڑ لیا۔ اور بغیر کچھ کہے سُنے جلدی جلدی رخصت ہوگئی۔ دل میں یہ ڈر تھا کہ بُلبُل پری کہیں اپنا ارادہ نہ بدل لے اور مجھ سے صندوق پھر نہ چھین لے۔

ابھی تھوڑی ہی دور پہنچی تھی۔ کہ ہانپنے لگی۔ صندوق کو زمین پر رکھ دیا۔ اور آپ پاس ہی دم لینے کو بیٹھ گئی۔ یکایک خیال آیا کہ ذرا کھول کر دیکھوں تو کتنی اشرفیاں ہیں۔ صندوق کا ڈھکنا اُٹھایا۔ امید تو یہ تھی۔ کہ طرح طرح کے جواہرات اور ہیرے موتی ہوں گے۔ مگر دیکھا تو چیخ مار کر پرے ہٹ گئی۔ صندوق میں ہر قسم کے چھوٹے بڑے پرندوں کی زبانیں ہی زبانیں بھری پڑی تھیں۔ یہ سب زبانیں ایک ساتھ مل کر گانے لگیں۔

اِدھر سے اُدھر بڑ بڑاتی چلی ہے
یہ بُڑھیا نہیں ہے یہ جھٹی ڈھولکی ہے

پھر اچانک یہ زبانیں عجیب وغریب صورتوں والے بالشتئے بن گئیں۔ اور یہ سب بالشتئے صندوق میں سے کود کود کر باہر نکل آئے اور بُڑھیا کے گرداگرد ناچنے لگے۔ زبانیں نکال نکال کر عجیب عجیب

مُنہ بناتے تھے۔ ساتھ ساتھ گاتے بھی جاتے تھے۔

اِدھر سے اُدھر بڑبڑاتی چلی ہے۔
یہ بڑھیا نہیں ہے پھٹی ڈھولکی ہے

بڑھیا بہت ڈری۔ چیختی چلاتی پوری تیزی کے ساتھ وہاں سے بھاگی۔ مگر بالشتئے کب پیچھا چھوڑتے تھے۔ وہ بھی اُس کے پیچھے پیچھے زور زور کے قہقہے لگاتے ہوئے دوڑے۔ آخر کار جب بڑھیا گھر پہنچی۔ تو اُس سے کھڑا بھی نہ ہوا جاتا تھا۔ وہ چارپائی پر گر پڑی۔ اور کتنی ہی دیر کے بعد اُسے کہیں کچھ ہوش آیا۔ اس کے بعد وہ دن اور آج کا دن۔ بڑھیا کو پھر کسی نے بُڑبُڑاتے نہیں سُنا۔ اب اُس کا مزاج ٹھکانے پر آگیا ہے۔ اور دونوں میاں بیوی ہنسی خوشی رہتے سہتے ہیں ٭

بھوتوں کی ضیافت

کسی شہر میں ایک بوڑھا لکڑہارا رہتا تھا۔ ایک دن اُس کے داہنے گال پر ایک پھنسی نکل آئی۔ بوڑھے لکڑہارے نے اس خیال سے کہ دو تین روز میں آپ پھوٹ جائے گی۔ اس کی کچھ پروا نہ کی۔ مگر پھنسی روز بروز بڑھتی ہی چلی گئی۔ یہاں تک کہ بڑھتے بڑھتے ایک گٹھلی سی بن گئی۔ اگرچہ یہ گٹھلی تھی تو مرغی کے انڈے کے برابر۔ مگر اس سے لکڑہارے کو دکھ نہیں ہوتا تھا۔ ہاں اس کے خیال سے سخت گھن آتی تھی۔ اور وہ دعائیں مانگتا تھا کہ وہ کسی طرح اُس کے گال پر سے دور ہو جائے۔ اُس نے کتنے ہی روپے علاج پر بھی خرچ کر ڈالے۔ مگر فائدہ کا تو کیا ذکر گٹھلی اُلٹی پہلے سے بھی بڑھ گئی۔ آخر تنگ آ کر اور نا اُمید ہو کر اُس نے دل میں ٹھان لی کہ اب کسی حکیم یا جرّاح کے پاس نہیں جاؤں گا۔ اگر اچھی ہونی

ہونی ہے۔ تو آپ ہو جائے گی ۔

ایک دن وہ جنگل میں لکڑیاں کاٹنے گیا۔ دن سہانا تھا۔ لکڑ ہارا مزے مزے سے لکڑیاں کاٹتا رہا۔ جب وہ لکڑیوں کا گٹھا پیٹھ پر لاد کر گھر واپس آنے لگا۔ تو اُس وقت شام پڑ رہی تھی۔ ابھی دو قدم ہی چلا تھا۔ کہ چھما چھم مینہ برسنے لگا۔ ہوتے ہوتے ایسی زور شور کی بارش ہونے لگی۔ کہ بوڑھا لکڑ ہارا گھبرا گیا۔ اِدھر اُدھر دیکھنے لگا۔ کہ کوئی پناہ کی جگہ دکھائی دے۔ جہاں ٹھہر کر بھیگنے سے بچ جائے۔ یکایک اُس کی نگاہ بلوط کے ایک درخت پر پڑی۔ جس کے تنے میں ایک بڑا سا کھوکھ تھا۔ لکڑ ہارے نے اس وقت اِسی کو غنیمت جانا۔ جھٹ آ کر اِس کھوکھ میں بیٹھ گیا۔ کہ مینہ تھمے تو گھر کی راہ لے۔

مگر مینہ تھمتا دکھائی نہ دیتا تھا۔ آن کی آن میں جل تھل بھر گئے۔ پھر آندھی چلنے لگی۔ بجلی چمکنے لگی اور بادل زور زور سے گرجنے لگا۔ بوڑھا لکڑ ہارا سہم کر وہیں بیٹھا رہا۔ آخر بڑی دیر کے بعد کہیں جا کر یہ طوفان ذرا تھما۔ بادل پھٹ گئے۔ اور چاند اپنی نورانی کرنوں کے ساتھ آسمان پر نمودار ہوا۔

لکڑ ہارے نے شکر کا کلمہ پڑھا۔ بلوط کے کھوکھ سے باہر نکلا اور جس طرف سے آوازیں آ رہی تھیں اُس طرف دیکھنے لگا۔ دیکھتے ہی

چیخ مار کر پھر اُسی کھوکھ میں جا بیٹھا ۔

درختوں کے جھنڈ میں سے بھوتوں کے غول کے غول باہر آرہے تھے۔ یہ بھوت چھوٹے بڑے سبھی طرح کے تھے۔ بعض تو بڑے لمبے تڑنگے تھے اور بعض ننھے ننھے ٹھِنگنے۔ بعض کی ناک ایسی تھی۔ جیسی ہاتھی کی سُونڈ ہوتی ہے۔ بعض کے سر مینڈک کے سر جیسے تھے۔ اور بعض کی آنکھیں اُلو کی آنکھوں سے ملتی تھیں۔ غرض ان کی نہایت ہی عجیب و غریب صورتیں تھیں۔ اُنھوں نے رنگ برنگ کی کھالوں کے کپڑے پہن رکھے تھے۔ یہ سب کے سب اسی بلوط کے درخت کے سامنے آکر ٹھہر گئے۔ ان میں سے وہ بھوت جو صورت شکل سے سب کا سردار معلوم ہوتا تھا۔ کھوکھ سے ٹیک لگا کر بیٹھ گیا۔ اس کے بیٹھتے ہی تمام بھوت بھی گھاس پر بیٹھ گئے ۔

بوڑھا لکڑہارا بھوتوں کے سردار کے اِس قدر قریب تھا کہ اگر چاہتا تو ہاتھ بڑھا کر اُس کی بغل میں گدگدی کر سکتا تھا۔ مگر ایسا کرنا تو ایک طرف۔ وہ دہشت کے مارے تھر تھر کانپ رہا تھا۔ سانس لینے کی بھی جرات نہ پڑتی تھی۔ دل ہی دل میں کہہ رہا تھا "اگر ان بلاؤں نے مجھے دیکھ پایا تو جان کی خیر نہیں۔ اے خدا تو ہی مددگار ہے ۔

اِدھر بھوت ہنسی مذاق کی باتیں کر رہے تھے۔ بات بات پر قہقہے

لگاتے تھے + لکڑہارا بہت حیران ہوا۔ وہ کھوکھ میں بیٹھا بیٹھا ایک چھوٹے سے سوراخ میں سے ان کو دیکھنے لگا یہ سب بھوت گھاس پر بیٹھے ہوئے کھانے پینے میں مشغول تھے۔طرح طرح کے کھانوں کے ٹوکرے بیچ میں دھرے ہوئے تھے۔جب کوئی بھوت کوئی چیز کھانا چاہتا۔تو صرف اُس کھانے کا نام لے دیتا۔اُسی وقت ان ٹوکروں میں اُسی کھانے کا نوالہ آپ ہی آپ اُڑ کر سیدھا اُس کے منہ میں پہنچ جاتا تھا۔اِسی طرح جب کسی کو شراب پینی ہوتی تھی۔ تو وہ صرف شراب کا نام لے دیتا تھا۔اس کے بعد ٹوکرے میں رکھی ہوئی شراب کی بوتل کا کاگ خود بخود "پپ" کر کے کُھل جاتا تھا۔ اور بوتل اُڑ کر اُس کے منہ کے پاس آ جاتی تھی۔اور بغیر کسی کی مدد کے اُس کے حلق میں شراب اُنڈیلنے لگتی تھی + جب وہ سیر ہو جاتا تو بوتل پھر اُڑ کر اپنی جگہ پر آ جاتی۔اور اُسے پھر آپ ہی کاگ لگ جاتا تھا +

یہ بھوت ضیافت کھاتے کھاتے آپس میں ہنسی ٹھٹھے کی باتیں اور لطیفے بھی کہنے لگتے تھے۔ ہر مذاق اور لطیفہ پر ہنستے ہنستے دُہرے ہو جاتے تھے۔ یہ بھوتوں کی جماعت نہایت زندہ دل اور ہنس مُکھ معلوم ہوتی تھی۔اتنی کہ بے چارہ لکڑہارا بھی اپنا ڈر اور خوف بھول گیا۔اور خوش خوش معلوم ہونے لگا۔اور ایک مزے دار لطیفے پر تو

وہ کھِل کھِلا کر ہنس بھی پڑا۔ لیکن خیریت گزری کہ بھوتوں کے سردار نے اُس کی آواز نہ سُنی۔ کیونکہ وہ خود بھی ہنسی کے مارے لوٹ پوٹ ہُوا جاتا تھا۔

جب ضیافت ہو چکی۔ اور سب بھوت خوب سیر ہو کر کھا پی چکے۔ تو سب کے سب ایک باجے کی سریلی آواز پر جو کہیں دور بج رہا تھا۔ ناچنے لگے۔ یہ لکڑہارا بھی اپنی جوانی میں بہت عمدہ ناچنا جانتا تھا وہ اُن کے ناچ کو حیرت سے دیکھنے لگا۔ کہاں تو بے چارے کو اپنی جان کے لالے پڑے ہوئے تھے۔ اور یا اب اُس کا جی بھی چاہنے لگا۔ کہ میں بھی ان کے ساتھ مل کر ناچوں۔ اُس کے پاؤں خود بخود تال پر اُٹھنے لگے۔ پھر اُسے خیال آیا۔ کہ میں تو اِن بھوتوں سے کہیں اچھا ناچ کر سکتا ہوں۔ اور دو تین ناچ تو مجھے ایسے یاد ہیں کہ اُنہوں نے کبھی دیکھے بھی نہ ہوں گے۔ ابھی وہ یہ سوچ ہی رہا تھا کہ بھوتوں کے سردار کی بھاری آواز آئی "ہاں اب کوئی نیا ناچ دکھاؤ۔ کیا یہاں کوئی بھی ایسا نہیں جسے ایک آدھ نیا ناچ آتا ہو؟"

سردار کی یہ بات سُن کر کسی بھوت نے جواب نہ دیا۔ یکایک لکڑہارا کھوکھ سے باہر نکل آیا۔ اور اللہ کا نام لے کر ان بھوتوں کے بیچ میں چھلانگ مار دی۔ اور آنکھیں بند کر کے ناچنا شروع کر دیا۔ ناچ ایسا ناچا کہ سب بھوت عش عش کر اُٹھے۔ باجے کی سریلی اور

دل کو کھینچ لینے والی آواز نے لکڑہارے کے عجیب وغریب ناچ میں اَوْر بھی دلفریبی پیدا کردی۔ ناچنے کے سوا اُسے کسی بات کی سُدھ نہ رہی۔ یہ بھی یاد نہ رہا۔ کہ گھر سے لکڑیاں کاٹنے نکلا تھا۔ یہ بھی یاد نہ رہا۔ کہ اس کا ناچ دیکھنے والے انسان نہیں۔ بلکہ ہیبت ناک بھوت ہیں۔

جوں ہی اُس نے ناچ ختم کیا۔ چاروں طرف سے "واہ واہ"! ہونی شروع ہوگئی۔ سب بھوت تالیاں بجا بجا کر کہنے لگے "پھر سے ناچو! ایک دفعہ اَوْر"۔

لکڑہارے نے جوں ہی اپنی آنکھیں کھولیں۔ اور اپنے آپ کو بھوتوں کے درمیان پایا۔ تو وہ بہت ڈرا۔ مگر اُس نے ضبط کیا۔ اور نہایت تعظیم سے سر جُھکا کر سب کو سلام کیا۔ ان بھوتوں کے چہرے خوشی سے چمک رہے تھے خفگی کا کہیں نام نشان نہ تھا۔ اب تو بوڑھے کو حوصلہ ہوا۔ اور وہ بڑھ کر ان کے سردار کے پاس آیا۔ اور اُسے نہایت ادب سے سارا حال کہہ سُنایا "کہ گھر سے لکڑیاں کاٹنے اس جنگل میں آیا تھا۔ مگر جاتے وقت مینہ برسنے لگا۔ پانی سے بچنے کے لئے اِس درخت کے کھوکھ میں بیٹھا رہا۔ کہ اتنے میں حضور تشریف لے آئے" اِس کے بعد نہایت عاجزی سے ان کی محفل میں یوں دخل دینے کی معافی مانگنے لگا۔

بھوتوں کے سردار نے جواب دیا۔ "ایسا عجیب ناچ جاننے والے

کو معافی مانگنے کی کچھ ضرورت نہیں۔ بڑے میاں ہم تمہارے آنے سے بہت ہی خوش ہوئے ہیں۔ اور تم سے التجا کرتے ہیں۔ کہ ایک دفعہ پھر اپنے ناچ سے ہماری محفل کی رونق کو دو بالا کر دو"۔

یہ سُن کر لکڑہارے نے پھر ناچنا شروع کیا۔ اس دفعہ تو اس کمال کا ناچ ناچا۔ کہ سارے بھوت مزے میں آ کر جھومنے لگے۔ آخر بھوتوں کے سردار نے کہا" بھئی بڑے میاں ہم سے وعدہ کرو۔ کہ کل رات بھی آؤ گے۔ مگر صرف وعدے سے ہمارا اطمینان نہ ہوگا۔ تمہیں امانت کے طور پر اپنی کوئی شے بھی ہمارے پاس رکھنی ہوگی"۔

لکڑہارے نے جواب دیا" بہت بہتر۔ مگر حضور بھلا میں آپ کو کون سی شے دے سکتا ہوں"؟

اس پر سب بھوت آپس میں صلاح مشورہ کرنے لگے کہ لکڑہارے کے پاس کون سی شے سب سے قیمتی ہے۔ ایک نے کہا" اِس سے کوئی ایسی چیز لو۔ جو اِسے بہت پیاری ہو۔ اور جسے واپس لینے کے لئے اِسے کل رات ضرور آنا پڑے"۔

اس پر دوسرے نے کہا" میں نے سنا ہے کہ انسانوں میں جس شخص کے گال پر اس طرح کی کوئی گٹھلی ہوتی ہے۔ وہ بہت خوش قسمت سمجھا جاتا ہے۔ اِس لئے میرے خیال میں اِس بوڑھے کے پاس یہ گٹھلی سب سے قیمتی اور پیاری شے ہے"۔

سردار کو یہ بات پسند آئی۔ اُس نے لکڑ ہارے سے کہا "بڑے میاں، ہم تمہاری گٹھلی امانت کے طور پر رکھے لیتے ہیں۔ تم کل آنا اور اسے لے جانا"۔

یہ کہہ کر اُس نے اپنا ہاتھ لکڑ ہارے کے گال کی طرف بڑھایا اور گٹھلی کو پکڑ کر نوچ لیا۔ لیکن لکڑ ہارے کو ذرا سا بھی دُکھ یا درد نہ ہوا۔ اور اُس کا گال بالکل صاف ہو گیا۔ ایسا معلوم ہوتا تھا۔ جیسے گٹھلی کبھی اُس کے تھی ہی نہیں۔ اس کے بعد ہی یکایک سب بھوت غائب ہو گئے۔ اور لکڑ ہارا جنگل میں اکیلا رہ گیا۔ وہ جلد جلد قدم اُٹھا کر گھر روانہ ہُوا۔ راستے میں اپنے گال کو بار بار ٹٹول کر دیکھتا جاتا تھا۔ کہ کیا سچ مچ گٹھلی دور ہو گئی ہے۔ اُسے کسی طرح اس کا یقین نہ آتا تھا۔

جب وہ گھر پہنچا۔ تو اُس کی بیوی نے پہلے پہل اُسے بالکل نہ پہچانا۔ پہچانتی بھی تو کیسے؟ گال پر سے گٹھلی دور ہو جانے سے وہ کچھ اَور ہی معلوم ہوتا تھا۔ جب اُس نے کُل ماجرا سُنایا۔ تو اُس کی بیوی دل میں ڈری بھی اور خوش بھی ہوئی۔

اب سُنو کہ اِس لکڑ ہارے کے ہمسائے میں ایک اَور بوڑھا رہتا تھا۔ اس کے گال پر بھی ایسی ہی گٹھلی نکلی ہوئی تھی۔ اُس نے لکڑ ہارے کی کہانی سُنی تو وہ دل میں بہت جلا۔ کہ اس کی گٹھلی تو

دور ہوگئی۔ اور میری ویسی کی ویسی ہی رہی۔ اس لئے اُس نے بھی بھوتوں کے پاس جانے کا پکّا ارادہ کر لیا۔

لکڑہارے نے پوچھا "تمہیں کوئی اچھا ناچ بھی آتا ہے؟"

بوڑھے نے جواب دیا "بھوتوں کو خوش کرنے کے لئے بہت اچھا ناچ سکتا ہوں۔ ناچنے میں رکھا ہی کیا ہے؟"

غرض شام پڑتے ہی وہ بوڑھا اُسی کھوکھ میں جا کر بیٹھ گیا۔ اور بے صبری سے بھوتوں کا انتظار کرنے لگا۔ تھوڑی دیر میں بھوت آنے شروع ہو گئے۔ اور پھر پچھلے دن کا نقشہ جم گیا۔ مگر بوڑھے کا ڈر کے مارے بُرا حال ہوا جاتا تھا۔ آخر کار بھوتوں کے سردار کی بھاری آواز آئی "ہاں وہ کل والا بوڑھا کہاں ہے؟ ابھی تک کیوں نہیں آیا؟"

یہ سُن کر بوڑھا ڈرتے ڈرتے کھوکھ سے باہر نکلا۔ اور سب کو جُھک کر سلام کرنے لگا۔ سردار نے پوچھا "تم ہی کل والے بوڑھے ہو؟ یہ کیا بات ہے۔ کہ آج میں تمہارے گلے پر ایک اَور گٹھلی دیکھ رہا ہوں؟"

اُس نے جواب دیا "حضور! میں ایسا خوش قسمت ہوں۔ کہ میرے پاس ایک چھوڑ، دو گٹھلیاں ہیں۔ جب آپ نے میرے داہنے گال کی گٹھلی نوچ لی۔ تو میں نے اِس خیال سے کہ کہیں لوگ بدگمان نہ ہو

جائیں۔ دوسری گٹھلی کو اپنے بائیں گال پر لگا لیا"۔

سردار نے کہا: "اچھا یہ بات ہے! خیر اب تم ہمیں اپنا ناچ دکھاؤ"۔
بوڑھے نے ناچنا شروع کیا۔ مگر ناچتا کیا خاک۔ آتا جاتا تو کچھ تھا نہیں۔ لگا اِدھر اُدھر اپنے کولہے مٹکانے۔ گھر سے ایک پنکھیا ساتھ لیتا آیا تھا۔ کبھی اُسے اِس طرف ہلانے لگتا۔ کبھی اُس طرف۔ یہ دیکھ کر سب بھوت ہکّے بکّے رہ گئے۔ اور کہنے لگے "ہیں! آج اِسے کیا ہوگیا؟ آج یہ ایسا بُرا کیوں ناچ رہا ہے"؟

بھوتوں کے سردار نے کہا: "بڑے میاں! بس رہنے دو۔ ہم تمہارا ناچ نہیں دیکھنا چاہتے۔ میری سمجھ میں نہیں آتا کہ تم کل والے بوڑھے ہو یا کوئی اَور ہو۔ خیر تم نے جو کچھ بیان کیا ہے۔ میں مانے لیتا ہوں اور اب چونکہ ہمیں تمہارا ناچ دیکھنا منظور نہیں۔ اِس لئے تم اپنی قیمتی گٹھلی واپس لے سکتے ہو"۔

یہ کہتے ہی اُس نے گٹھلی بوڑھے کی طرف پھینک دی۔ جو سیدھی اُس کے داہنے گال پر جاکر جم گئی۔ پھر یکایک سب کے سب بھوت غائب ہوگئے اور بے چارہ بڈھا اپنی دونوں گٹھلیوں کو ہاتھوں سے نوچتا ہوا اور غصّے میں بکتا جھکتا گھر واپس آگیا۔

اُدھر لکڑہارے کو گٹھلی سے نجات مل گئی۔ تو اُس نے خدا کا لاکھ لاکھ شکر کیا۔ اور پھر اُس جنگل کا کبھی رُخ نہ کیا۔

گیدڑ اور خرگوش

کسی کسان کے کھیت کو ایک گیدڑ رات کے وقت آ کر برباد کر جایا کرتا تھا۔ کسان نے اُس کو پکڑنے کے لئے کئی پھندے لگائے۔ مگر وہ ہمیشہ صاف بچ کر نکل جاتا تھا۔ آخر اُس نے زمین میں ایک گڑھا کھودا۔ اور اس پر ایک ہلکی سی چٹائی بچھا کر اوپر مٹی بکھیر دی۔ اور اس مٹی میں چاول بو دیئے۔ کچھ دنوں کے بعد جب چاول کے چھوٹے چھوٹے ہرے ہرے پودے نکل آئے۔ تو ایک رات گیدڑ پھرتا پھرتا اس جال میں آ پھنسا۔ صبح کو کسان نے جا کر اُسے زندہ پکڑ لیا۔ اور گھر لا کر اُس کی پچھلی ٹانگیں رسّی سے خوب مضبوط باندھ دیں۔ اور چھت سے اُلٹا لٹکا دیا۔ پھر اپنی بیوی سے کہنے لگا۔ "لو اب میں کام کو جاتا ہوں۔ تم ذرا اس کا خیال رکھنا۔ کہ کہیں بھاگ نہ جائے۔ جب میں شام کو کھیت سے واپس آؤں گا تو

اِس کو ایسی سزا دوں گا۔ کہ عمر بھر نہ بھولے گا"۔

گیدڑ چھت سے لٹکا ہوا یہ باتیں سن رہا تھا۔ سزا کا ذکر سن کر جان کے لالے پڑ گئے۔ طرح طرح کے منصوبے گانٹھنے لگا۔ اسی فکر میں تھا۔ کہ کسان کی بیوی پر اُس کی نظر پڑی۔ جو ایک بڑی سی اوکھلی میں جَو کُوٹ رہی تھی۔ بے چاری بڑھیا اور کم زور تھی۔ اُس کے لئے یہ کام بہت مشکل تھا۔ تھوڑی تھوڑی سی دیر کے بعد اُس کا سانس پھول جاتا۔ اور وہ دم لینے کے لئے ٹھہر جاتی تھی۔

گیدڑ نے یہ حال دیکھا تو نہایت مسکین صورت بنا کر کہنے لگا۔

"بڑی بی میرے لئے ڈوب مرنے کا مقام ہے۔ کہ آپ کو ایسا سخت کام کرتے دیکھ رہا ہوں۔ اجازت دیجئے کہ میں آپ کا ہاتھ بٹاؤں۔ واللہ مجھے اس سے بڑی خوشی ہوگی"۔

کسان کی بیوی نے جواب دیا۔ "میاں گیدڑ خدا تمہارا بھلا کرے۔ لیکن اگر میں نے تمہیں کھول دیا اور تم بھاگ نکلے تو پھر اپنے میاں کو کیا منہ دکھاؤں گی؟"

گیدڑ نے پہلے سے بھی زیادہ مسکین صورت بنا کر کہا۔ "بڑی آماں کیسی باتیں کرتی ہو؟ دل چاہے تو مجھ سے قول لے لو۔ کہ اگر مجھے کھول دیا۔ تو میں ہرگز نہ بھاگوں گا۔ شام کے وقت اپنے خاوند کے آنے سے پہلے پہلے پھر مجھے اسی طرح باندھ کر لٹکا دینا۔ مجھ غریب پر

تمہارا بڑا احسان بھی ہوگا۔ اور میں تمہارے جو بھی کوٹ دوں گا۔ اور تمہارے میاں کو بھی کچھ معلوم نہ ہونے پائے گا۔ مجھے اس طرح لٹکتے ہوئے دیکھ کر آپ کے دل میں رحم بھی نہیں آتا؟"

کسان کی بیوی سیدھی سادھی نیک عورت تھی۔ چالاک گیدڑ کی باتوں میں آگئی۔ سوچا کہ واقعی بے چارہ بڑی تکلیف میں ہے۔ اس کے علاوہ جو کوٹتے کوٹتے تھک بھی گئی تھی۔ چاہتی تھی کہ اُس کا یہ کام کوئی اَور کر دے۔ اس لئے اس نے گیدڑ کو کھول دیا۔ اور بھاری موصل اُس کے ہاتھ میں پکڑا دی۔ کہا کہ لو کوٹو۔ مگر گیدڑ نے جیسے ہی رہائی پائی۔ آؤ دیکھا نہ تاؤ۔ جھٹ موصل لے کر بڑھیا کے سر پر دے مارا۔ اور آپ چمپت ہو گیا۔ بے چاری بڑھیا چوٹ کھاتے ہی دوسری دنیا میں پہنچ گئی۔

شام کے وقت کسان گھر آیا۔ تو یہ حال دیکھ کر اُس کی آنکھوں میں خون اُتر آیا۔ مگر کیا کرتا۔ دانت پیس کر رہ گیا۔ اِدھر اب گیدڑ جہاں کہیں بھی جاتا۔ تو ہر ایک کو کسان کی بیوی کے مارنے کا قصہ سُناتا۔ اور دل ہی دل میں خوش ہوتا۔ جیسے کوئی بڑا ہی نیکی کا کام کیا ہے۔

اب سُنو کہ اس کسان کے گھر کے پاس ہی ایک بڈھا خرانٹ خرگوش رہتا تھا۔ جب اس نے سُنا کہ گیدڑ نے کس بے دردی سے بے چاری

بے گناہ بڑھیا کی جان لی ہے۔ تو اُسے بہت رنج ہوا۔ وہ کسان کے گھر گیا۔ اور اُسے تسلّی دے کر حامی بھری کہ گیدڑ کو میں سزا دوں گا۔

دوسرے دن خرگوش گیدڑ سے ملنے گیا۔ گیدڑ گھر ہی میں تھا۔ خرگوش نے کہا۔ "واہ بھائی گیدڑ ایسا تو سہانا دن ہے۔ اور تم گھر میں بیٹھے رہے ہو۔ آؤ تو پہاڑی پر سے لکڑیاں چُن لائیں"۔

گیدڑ بھی گھر میں بیٹھے بیٹھے اُکتا گیا تھا۔ یہ سُن کر راضی ہو گیا۔ اور اُسی وقت دونوں چل کھڑے ہوئے۔ دن ختم ہونے سے پہلے دونوں نے اپنی اپنی پیٹھ پر سوکھی لکڑیوں کا ایک ایک گٹھا لاد لیا۔ جب واپس لوٹنے لگے۔ تو خرگوش جان بوجھ کر آہستہ آہستہ چلنے لگا۔ گیدڑ آگے آگے تھا۔ خرگوش نے پھرتی سے ایک چقماق کا ٹکڑا جس کا اُس نے پہلے سے بندوبست کر رکھا تھا۔ نکال کر پتھر پر رگڑا۔ اور گیدڑ کی لکڑیوں میں ایک چنگاری لگا دی۔ لکڑیاں خوب سوکھی ہوئی تھیں۔ ان میں فوراً آگ لگ گئی۔

گیدڑ نے پوچھا۔ "کیوں بھائی خرگوش یہ پیچھے سے تڑ تڑ کی کیا آواز آ رہی ہے؟"

خرگوش نے جواب دیا۔ "کچھ بھی نہیں۔ یہ تو میں کہہ رہا تھا۔ تڑ تڑ۔ اس پہاڑی کا یہی نام ہے۔ اور یہ نام اِس لئے پڑا ہے کہ یہاں لکڑیاں بہت اچھی ملتی ہیں"۔

وہ اتنا ہی کہنے پایا تھا کہ آگ گیدڑ کے بالوں تک پہنچ گئی۔ اور آن کی آن میں اُس کی پیٹھ کی کھال جل گئی۔ اور نیچے سے چربی نکل آئی۔ گیدڑ جلن کے مارے بلبلا اُٹھا۔ اور چیخیں مارتا ہوا سیدھا گھر کی طرف بھاگا۔ اس کے پیچھے پیچھے خرگوش مسکراتا ہوا اور یہ کہتا ہوا چلا۔ کہ ابھی کیا چیختا ہے۔ یہ تو ابتدا ہے۔ آگے آگے دیکھیو ہوتا ہے کیا۔

جب وہ گیدڑ کے گھر پہنچا۔ تو دیکھا کہ چارپائی پر لیٹا ہوا درد کے مارے کراہ رہا ہے۔ خرگوش بولا "بھائی گیدڑ۔ تمہاری بھی کیا پھوٹی ہوئی قسمت ہے۔ ایسی اچھی تو لکڑیاں ملیں۔ سمجھ میں نہیں آتا کہ ان میں آگ لگی تو کیونکر؟ شاید یہ وجہ ہو۔ لکڑیاں چونکہ بہت ہی سوکھی تھیں۔ خودبخود ہی جل اُٹھیں۔"

گیدڑ نے چلا کر کہا "چولھے میں جائیں لکڑیاں اور بھاڑ میں جائے آگ۔ اب تو میں درد کے مارے مرا جاتا ہوں۔ خدا کے لئے بتاؤ۔ کہ اب کروں کیا۔ ہائے!"

خرگوش نے کہا "بہت اچھا بھائی! میں ابھی تمہارا علاج کرتا ہوں۔"

یہ کہہ کر وہ اپنے گھر گیا۔ وہاں تھوڑے سے پانی میں نمک اور پسی ہوئی مرچیں ملائیں۔ اور یہ پانی لے کر گیدڑ کے گھر پہنچا۔ بولا "لو ایک آزمائی ہوئی دوا لایا ہوں۔ مگر بھائی یہ بتائے دیتا ہوں کہ پہلے پہل یہ دوا بہت لگا کرتی ہے۔ اگر درد سہہ سکتے ہو تو لگا دوں؟"

گیدڑ نے جواب دیا "بھائی فائدہ مند ہے۔ تو مجھے سب دُکھ درد جھیلنا منظور ہے"۔

خرگوش نے نمک مرچ ملا پانی گیدڑ کی جھلسی ہوئی پیٹھ پر چھڑکا۔ تو اسے ایسا معلوم ہوا۔ جیسے سینکڑوں سوئیاں چُبھ گئی ہوں۔ درد نہ سہہ سکا۔ چیخیں مار مار کر زمین پر پچھاڑیں کھانے لگا۔ پھر بھاگا بھاگا باہر نکل آیا۔ اور گھاس پر لوٹ کر اپنی پیٹھ کو سہلانے لگا۔ مگر تکلیف کسی طرح کم ہونے میں نہ آئی۔ خرگوش یہ حال دیکھ کر وہاں سے چلتا بنا۔ دل ہی دل میں کہنے لگا "بچہ! کچھ دیر تو یہ درد سہہ۔ اس کے بعد پھر سمجھوں گا"۔

کہیں ایک مہینے میں جا کر گیدڑ کو آرام آیا۔ خرگوش نے سنا۔ تو مبارک بادی دینے کے لئے اُس کے گھر پہنچا۔ کہنے لگا "میاں گیدڑ تمہارے صحت پانے پر بڑی خوشی حاصل ہوئی۔ آخر میری دوا نے اپنا اثر دکھایا"۔

گیدڑ نے رُکھائی سے جواب دیا "جی ہاں دکھایا تو مگر بڑی دیر کے بعد۔ بڑی تکلیفوں کے بعد"۔

خرگوش نے کہا "دوا سے تکلیف تو ہُوا ہی کرتی ہے۔ مگر فائدہ بھی تو پہنچاتی ہے۔ اچھا تو دوست آؤ۔ آج پھر پہاڑی پر چلیں"۔

گیدڑ نے تُرش ہو کر کہا "جہنم میں گئی تمہاری پہاڑی۔ اور تمہیں تو

کیا کہوں۔ اب تو میں وہاں کبھی نہیں جانے کا"۔

خرگوش جھٹ بول اُٹھا "خیر نہیں کوئی وہم ہو گیا ہے۔ تو نہ سہی۔ میں کل دریا پر مچھلیاں پکڑنے جا رہا ہوں۔ جی چاہے تو میرے ساتھ چلے چلنا۔ دونوں مچھلیاں پکڑ پکڑ کر کھائیں گے۔ خوب سیر بھی رہے گی"۔

گیدڑ نے پوچھا "کیوں جی مچھلیاں بھلا کس طرح پکڑتے ہیں؟"

خرگوش نے جواب دیا "بڑا آسان طریقہ ہے۔ جسے مچھلیاں پکڑنی ہوں۔ وہ یوں کرتا ہے۔ کہ پہلے ایک کشتی میں بیٹھ جاتا ہے۔ پھر ایک لمبی سی مضبوط ڈوری لے کر اُس کے ایک سرے میں ایک کانٹا باندھ دیتا ہے۔ اور کانٹے میں تھوڑا سا آٹا یا گوشت لگا دیتا ہے۔ پھر ڈوری کے اِس سرے کو دریا میں پھینک دیتا ہے اور دوسرے سرے کو مضبوطی سے تھامے رکھتا ہے۔ تھوڑی دیر بعد ڈوری خود بخود پانی کی طرف کھنچنی شروع ہوتی ہے۔ بس پتہ لگ جاتا ہے۔ کہ کسی نہ کسی مچھلی کے حلق میں کانٹا پھنس گیا ہے۔ ڈوری کو باہر نکالتا ہے۔ تو اُس کے سرے میں ایک موٹی تازی مچھلی لٹکی ہوئی تڑپ رہی ہوتی ہے"۔

گیدڑ کی رال ٹپک پڑی۔ بے صبری سے کہنے لگا "بھئی واہ! یہ تو بڑے مزے کا کھیل ہے۔ میں کل ضرور تمہارے ساتھ چلوں گا"۔

خرگوش نے جواب دیا ہے "اچھی بات! میں تمہارے لئے بھی

ایک کشتی کا بندوبست کر چھوڑوں گا"۔

یہ کہہ کر خرگوش گیدڑ کے لئے کشتی تیار کرنے کو وہاں سے چل دیا۔ دل میں کہہ رہا تھا" بچہ ٹھہر جا کل تیرا کام ہی تمام نہ کر دیا ہو تو میرا نام بھی خرگوش نہیں۔ لیکن اگر تجھے معلوم ہی نہ ہوا۔ کہ یہ کس قصور کی سزا ملی ہے۔ تو ایسی سزا کا مزہ ہی کیا ہے"؟

دوسرے دن دونوں دوست مچھلیاں پکڑنے گئے۔ اور اپنی اپنی کشتی میں سوار ہو گئے۔ جس کشتی میں خرگوش سوار ہوا۔ وہ کاٹھ کی بنی ہوئی تھی۔ مگر جس کشتی میں اُس نے گیدڑ کو بٹھایا۔ وہ مٹی کی بنی ہوئی تھی۔ جب دونوں کشتیاں منجدھار میں پہنچیں۔ تو مٹی کی کشتی گھلنی شروع ہوئی۔ یہ دیکھ کر گیدڑ چلانے لگا" خرگوش بھائی بچانا! خدا کے لئے پکڑنا! ہائے میں ڈوبا!"

خرگوش نے غصے سے کہا" ارے پاجی سن! تو وہی بدمعاش نہیں۔ جس نے ایک بے گناہ احسان کرنے والی بڑھیا کی مفت میں جان لی تھی؟ ہاں ہاں یہ میں ہی تھا۔ جس نے اس قصور کی سزا دینے کے لئے تیری پیٹھ جلائی تھی۔ اور اب تجھے دریا میں غرق کر رہا ہوں۔ اچھا ہے کہ تو مر جائے۔ اور دنیا سے پاپ دور ہو تو اس قابل نہیں کہ تجھے جینے دیا جائے"۔

یہ کہتے ہی اُس نے اپنا چپو اٹھایا۔ اور گیدڑ کی مٹی کی کشتی پر دے

مارا۔ اُس کے ٹکڑے ٹکڑے ہوگئے۔ اور آن کی آن میں کشتی اور گیدڑ دونوں کے دونوں دریا میں ڈوب گئے۔

کسان نے خرگوش کا بہت بہت شکریہ ادا کیا۔ اُس نے اپنے باغ کے ایک کونے میں خرگوش کے رہنے کے لئے لکڑی کا ایک خوب صورت اور چھوٹا سا گھر بنا دیا۔ جہاں خرگوش بڑے مزے سے رہنے لگا۔

راشوموں کا دیو

آج سے کئی سال پہلے کا ذکر ہے۔ شہر کیوٹو کے رہنے والوں کے دلوں میں ایک دیو کی بہت دہشت بیٹھ گئی تھی۔ یہ دیو رات کے وقت شہر کے سب سے بڑے دروازے راشوموں کے پاس پڑا رہتا۔ اور اُدھر سے گزرنے والوں کو پکڑ پکڑ کر لے جاتا تھا۔ جب کبھی کوئی بھولا بھٹکا مسافر اُس کے ہاتھ لگ جاتا۔ تو پھر کسی کو اُس کا کچھ پتا نہ لگتا تھا۔ اس لئے یہ بات مشہور تھی۔ کہ یہ دیو آدم خور ہے۔ لوگ اِس سے اِس قدر ڈرے ہوئے تھے۔ کہ انھوں نے سورج ڈوبنے کے بعد اِس دروازے سے آنا جانا ہی چھوڑ دیا تھا۔ اور اسی وجہ سے وہ علاقہ سنسان پڑا رہتا تھا۔

ایک دن شام کے وقت شہر کیوٹو کے پانچ سب سے بڑے سورما اور بہادر کسی سرائے میں بیٹھے چائے پی رہے تھے۔ باتوں باتوں میں

ایک نے کہا "تم نے کبھی اُس بھوت کا قصّہ بھی سُنا ہے۔ جو رات کے وقت راشوموں کے دروازے کے آگے پڑا رہتا ہے"؟

اس پر دوسرے سورما نے جس کا نام وطنابے تھا۔ جواب دیا۔ "میں نہیں مان سکتا۔ کہ وہاں کوئی دیو پڑا رہتا ہو۔ دیو اور جن جو تھے سب مارے گئے۔ اور اگر کوئی قسمت سے بچ بھی رہا ہو۔ تو اُسے یہاں تک آنے کی جرأت نہیں ہو سکتی"۔

یہ سن کر پہلے نے کہا "تو کیا تمہارے خیال میں شہر کے لوگ یونہی گپیں ہانکا کرتے ہیں"؟

وطنابے نے جواب دیا "نہیں۔ مَیں تو نہیں کہتا۔ مگر یہ ضرور ہے کہ ان لوگوں کے کمزور دلوں پر کسی طرح ایک خیالی دیو کا خوف چھا گیا ہے۔ جس کا نکلنا اب محال ہے"۔

اس پر پہلے نے کہا "کچھ بھی ہو۔ مگر اِس میں بھی شک نہیں۔ کہ یہ کہانی یوں ہی لوگوں کی اُڑائی ہوئی نہیں۔ کچھ نہ کچھ بات ضرور ہے"۔

وطنابے نے ذرا جوش میں آکر کہا "میں یہ ہرگز نہیں مان سکتا اور اس کا ثبوت دینے کے لئے ابھی راشوموں کے دروازے کی طرف جاتا ہوں اور وہاں آدھی رات ٹھہروں گا"۔

یہ کہتے ہی اُس نے زرہ بکتر پہن لی۔ اور تلوار نیام میں ڈال چلنے

کے لئے تیار ہو گیا۔ پھر سب دوستوں کو مخاطب کر کے کہنے لگا۔ "ہاں اگر دیو سے میری ملاقات نہ ہوئی۔ تو مجھے کوئی ایسی صورت بتا دو۔ جس سے تم پر یہ ثابت ہو جائے۔ کہ میں وہاں گیا تھا"۔

اُس کے چاروں دوستوں نے ایک کاغذ پر اپنے اپنے دستخط کر دیئے۔ اور یہ بات ٹھہری۔ کہ وطنابے جا کر اس کاغذ کو راشومون کے دروازے پر لگا آئے۔ وطنابے اپنے گھوڑے پر سوار ہوا اور وہاں سے چل دیا۔

بلا کی اندھیری رات تھی۔ اس پر طرہ یہ کہ نہایت زور شور کی بارش ہو رہی تھی۔ راشومون کے دروازے پر آندھی کے تیز تیز جھونکے آ آ کر ٹکراتے۔ تو ایسا معلوم ہوتا۔ جیسے بہت سے بھیڑیئے کسی شکار کے پیچھے غرا رہے ہیں۔ لیکن وطنابے کئی بار موت کا سامنا کر چکا تھا۔ اُس کے ماتھے پر بل نہ پڑا۔ اُس نے اطمینان سے کاغذ کو دروازے پر چسپاں کر دیا۔ اور آپ وہیں دیو کے انتظار میں گھوڑے پر سوار رہا۔ گھنٹہ گزر گیا۔ مگر کوئی بات نہ ہوئی۔ تب وہ اپنے دل میں کہنے لگا۔ "آخر میری بات ہی سچ نکلی نہ۔ میں نے پہلے ہی کہہ دیا تھا۔ کہ یہاں کوئی بھوت یا دیو نہیں آتا۔ خیر کچھ ڈر نہیں۔ کل میں اپنے دوستوں کا خوب مذاق اُڑاؤں گا۔ اور اُنہیں چھیڑنے کے لئے کہوں گا کہ آخر بودے ہی نکلے نا۔ ایک ذرا سی بات سے ڈر گئے"۔

ابھی وہ یہ کہہ ہی رہا تھا کہ اُسے اپنی پیٹھ پر کوئی شے سرکتی ہوئی معلوم ہوئی۔ مُڑ کر دیکھا تو ایک بہت ہی بڑا ہاتھ نظر آیا۔ ایسا موٹا اور ایسا سخت جیسے درخت کا تنا۔ اس پر لمبے لمبے بال اُگے ہوئے تھے۔ وطنابے نے جھٹ پینترا بدلا۔ اور اپنی تلوار سُونت کر اس پر جلد جلد کتنی ہی ضربیں لگا دیں۔ یکا یک ایک بہت اونچی اور بھاری چیخ سُنائی دی۔ ایسا معلوم ہوا جیسے بادل زور سے کڑکا ہو۔ پھر وطنابے کے سامنے ایک پہاڑ کا پہاڑ دیو ڈٹ کر کھڑا ہو گیا۔ اُس کی آنکھیں دہکتے ہوئے انگاروں کی طرح روشن تھیں۔ اور وہ سانس باہر نکالتا تو آگ کے شعلے اُس کے مُنہ اور نتھنوں سے نکلنے لگتے تھے۔

بہادر وطنابے اپنے گھوڑے کو جلد جلد کبھی اِدھر اُچھالتا۔ کبھی اُدھر۔ ساتھ ہی اپنی لمبی اور تیز تلوار سے لگاتار وار پر وار کئے جاتا۔ تلوار کی ہر ضرب پر دیو بڑے زور سے چیختا۔ خون کے فوارے اس کے جسم سے چھوٹ رہے تھے۔ اور زمین پر ایک چھوٹی سی ندی بہنے لگی تھی۔ دیو نے غصے کے مارے دانت پیس پیس کر وطنابے کو پکڑنے کے ہزاروں جتن کئے۔ مگر وطنابے ہر دفعہ بجلی کی طرح تڑپ کر اُس کے چُنگل سے صاف نکل جاتا تھا۔ آخر کار جب دیو زخموں سے چُور چُور ہو گیا۔ اور وطنابے سے مقابلے کی تاب نہ رہی۔ تو ہار کر

جنگل کی طرف منہ کیا۔ اور سر پر پاؤں رکھ کر بھاگ نکلا۔ مگر وطنابے نے اس پر بھی بس نہ کی۔ گھوڑے کو ایڑ لگائی۔ اور اُسے سرپٹ اُڑاتا ہوا دیو کے پیچھے چلا۔ کہ بھاگتے ہوئے کو ایک آدھ زخم تو اور پہنچا دے۔ مگر دیو چھلانگیں مارتا ہوا اندھیرے میں غائب ہو گیا۔

جب وطنابے راشومون کے دروازے کی طرف واپس آیا۔ تو اُس کے گھوڑے نے کسی شئے سے ٹھوکر کھائی۔ وطنابے حیران ہو کر گھوڑے سے نیچے اُترا۔ کیا دیکھتا ہے۔ کہ ایک بہت ہی بڑا بازو زمین پر پڑا ہوا ہے۔ اب اُسے یاد آیا۔ کہ سب سے پہلے جو وار کیا تھا۔ وہ کچھ ایسا بھرپور اور کاری پڑا تھا۔ کہ اُس سے دیو کا بازو ہی کٹ گیا۔ اور اسی پر دیو نے زور سے چیخ ماری تھی۔ یہ دیکھ کر وطنابے بہت خوش ہوا۔ اُس نے بڑی مشکل سے وہ بازو اپنے گھوڑے کی پیٹھ پر لاد لیا۔ اور آپ پیدل چلنے لگا۔ کیونکہ یہ بازو بہت ہی بھاری تھا۔ گھوڑا دونوں کا بوجھ نہ اُٹھا سکتا۔ جب وہ اپنے دوستوں کے پاس پہنچا تو اسے شرط سے ہار تو ضرور ماننی پڑی۔ مگر جو کارنامہ اُس نے کر دکھایا تھا وہ کچھ ایسا شاندار تھا۔ کہ ایسی کئی ہاریں اُس کے آگے ہیچ تھیں۔ لوگوں کو اس کی تعریف کے لئے ایسے الفاظ نہ ملتے تھے جو اس کی شان کے شایاں ہوں۔

وطنابے اگرچہ اپنی اس عظیم الشان کامیابی پر بہت خوش تھا۔

مگر ایک خیال نے اُسے بہت پریشان کر رکھا۔ وہ جانتا تھا کہ دیو ابھی زندہ ہے۔ اور آج کل ہی میں اپنا کٹا ہوا بازو ضرور لینے آئے گا۔ اس لئے اُس نے بازو کی حفاظت کے لئے ایک نہایت مضبوط اور بڑا سا صندوق تیار کروایا۔ اس میں دیو کے بازو کو بند کر کے قفل لگا دیا۔ اور خاص اپنے کمرے میں رکھوا لیا۔

ایک رات کا ذکر ہے کہ وطنابے کا نوکر اُس کے پاس آیا۔ اور کہنے لگا "حضور سے ایک بڑھیا ملنا چاہتی ہے۔ اور اپنے آپ کو حضور کی دایا بتاتی ہے"۔

اپنی دایا کے بے وقت آنے پر وطنابے کو بڑا تعجب ہوا۔ مگر اس نے اسے آنے کی اجازت دے دی۔ جب معمولی سلام دعا ہولی۔ تو بوڑھی دایا کہنے لگی "بیٹا تم میرے اس وقت کے آنے سے ضرور حیران ہوئے ہو گے۔ مگر سچ جانو جب سے میں نے تمہارا دیو کے ساتھ لڑنے اور اُس کا بازو کاٹنے کا حال سنا ہے۔ میں بے چین ہو رہی ہوں۔ اور چاہتی ہوں۔ کہ اس قصے کو تمہاری ہی زبان سے سنوں۔ اور دیو کا بازو اپنی آنکھوں سے دیکھوں"۔

وطنابے نے جواب دیا "بڑی بی! میں تم کو خوشی سے لڑائی کا کُل حال سُنا دوں گا۔ اگرچہ یہ کوئی ایسی بڑی بات نہیں۔ مگر دوسری بات کی میں نے قسم کھالی ہے کہ بازو کسی کو نہ دکھاؤں گا"۔

دایا نے پوچھا" بیٹا یہ کیوں؟"

وطنابے نے جواب دیا" تم جانتی ہو کہ دیو جب تک اپنا کٹا ہوا بازو واپس نہ لے لے۔ اُسے چین نہیں آسکتا۔ اس لئے ڈر ہے۔ کہ ادھر میں صندوق کھولوں۔ ادھر اُسی وقت دیو بھی آ جائے۔ اور جھپٹ کر اپنا بازو لے جائے"۔

دایا نے جواب دیا" بیٹا کیسی بے عقلوں کی سی باتیں کرتے ہو۔ میں کوئی دیو یا جن تھوڑا ہی ہوں۔ کہ بازو کو اُٹھا لے جاؤں گی؟ میں تو تمہاری بوڑھی دایا ہوں۔ صرف اتنا چاہتی ہوں۔ کہ جب یہاں سے جا کر لوگوں کو تمہاری کہانی سُناؤں۔ تو ساتھ ہی یہ بھی کہہ سکوں کہ میں نے یہ حال خود اپنے آقا کی زبان سے سنا ہے۔ اور دیو کا بازو اپنی آنکھوں سے دیکھ کر آئی ہوں"۔

وطنابے عجیب ادھیڑ بن میں پڑ گیا۔ سمجھ میں نہ آتا تھا کہ کیا کرے۔ اسے یہ بھی گوارا نہ تھا کہ اپنی بوڑھی دایا کو ذرا سی بات کے لئے ناراض کر دے۔ ساتھ ہی یہ خیال بھی آتا تھا۔ کہ بات خطرے سے خالی نہیں۔ آخر اُس نے بازو بُڑھیا کو دکھا ہی دینے کا فیصلہ کیا۔ اور اُسے اپنے خاص کمرے میں لے گیا۔ صندوق کا قفل کھول کر بھاری ڈھکنا اُٹھایا اور کہا" لو دیکھو!"

بُڑھیا خوش خوش دیو کے بازو کو دیکھنے لگی۔ بولی" اُفوہ! کتنا

بڑا بازو ہے۔اور بال تو دیکھو۔کتنے لمبے لمبے ہیں"۔

یہ کہہ کر بڑھیا نے اپنا جھریوں والا ہاتھ بازو کی طرف بڑھایا۔ اُسے چھونا تھا کہ یکایک یہی جھریوں والا ہاتھ کٹے ہوئے بازو کے برابر ہو گیا۔اور اُس پر بھی ویسے ہی لمبے لمبے بال نظر آنے لگے۔ اُس نے کٹے ہوئے بازو کو خوب مضبوطی سے پکڑ لیا۔اور کھینچ کر باہر نکال لیا۔ پھر ایک بڑے زور کی اونچی اور بھاری آواز آئی۔ "مل گیا!"

اس کے بعد وہی راشوموں کا دیو وطنابے کے سامنے ڈٹ کر کھڑا ہو گیا۔اُس نے ہاتھ میں اپنا کٹا ہوا بازو پکڑ رکھا تھا۔اور وطنابے کو چڑانے کے لئے زور کے قہقہہ لگا رہا تھا۔وطنابے گُم سُم کھڑا یہ سب کچھ دیکھ رہا تھا۔ یہ بات کچھ ایسی حیرانی اور تعجب کی تھی۔ کہ اُس کے وہم و گمان میں بھی نہ آسکتی تھی۔ اُس کا سر چکرا سا گیا۔اور وہ جھجھک کر پیچھے ہٹ گیا۔ پھر یکایک اُسے کُل کیفیت معلوم ہو گئی۔ وہ بلا کی تیزی سے کھونٹی کی طرف لپکا۔جہاں تلوار لٹک رہی تھی۔ جھٹ تلوار نیام میں سے نکال لی۔ مگر اتنے وہ وار کرے۔ دیو کمرے کی چھت پھاڑ کر باہر نکل گیا۔

وطنابے غصے کے مارے دیوانہ ہوا جاتا تھا۔ بار بار دانت پیستا

مگر اب کیا ہوتا تھا۔ وہاں سے صحیح سلامت بچ کر نکل آنے کے بعد دیو پر وطنابے کا کچھ ایسا رُعب چھایا۔ کہ پھر اُس کو راشومون کے دروازے کی طرف آنے کی کبھی جرأت نہ ہوئی۔

سچّی خوشی

پُرانے زمانے کا قصہ ہے۔ کہتے ہیں۔ کسی شہر میں ایک کوہ کن رہتا تھا۔ ہر روز وہ ایک اونچے پہاڑ پر چڑھ جاتا۔ اور سارا دن پہاڑ کی چوٹی پر پتھروں کے چوکنٹھے اور سلیں کاٹتا اور تراشتا رہتا۔ جب شام پڑتی۔ تو اُنہیں بازار میں لے جاکے بیچ ڈالتا۔ وہ اپنے کام میں جیسی مہارت رکھتا تھا۔ ویسی ہی اُسے پتھروں کی بھی پہچان تھی۔ لوگ ہر طرف سے آ آکر اسی سے پتھر خریدتے تھے۔ مدت تک وہ اسی کام میں خوش خوش۔ صبر و شکر سے زندگی بسر کرتا رہا۔ اپنے کام کے سوا اُسے کسی اَور چیز کی خواہش نہ تھی۔

اب سُنو کہ یہ کوہ کن جس پہاڑ کے پتھر کاٹتا تھا۔ اسی پہاڑ کی چوٹی پر ایک پری کا بھی بسیرا تھا۔ یہ پری نہایت نیک تھی۔ اُسے انسانوں کے ساتھ بے حد ہمدردی تھی۔ وہ ان کو خوش رکھنے

کے لئے ہر طرح سے ان کی مدد کیا کرتی۔ لیکن گودکن جو ہمیشہ خوش رہتا تھا اُسے یہ پری کبھی نظر نہ آئی تھی۔

ایک دن اُسے کسی امیر کے گھر پتھر کے چوکھٹے دینے جانا تھا۔ گیا۔ وہاں اُس نے ایسی ایسی خوب صورت اور آرام دہ چیزیں دیکھیں۔ کہ کبھی اُس کے خیال میں بھی نہ آئی تھیں۔ اُس نے امیر کی حالت اور اپنی حالت کا مقابلہ کیا۔ تو اُسے اپنا دن بھر پتھر کاٹنے کا کام بہت کٹھن معلوم ہونے لگا۔ اُس نے ایک ٹھنڈی سانس لے کر کہا "اے کاش اگر میں بھی ایسا ہی امیر ہوتا۔ اور ایسے ہی گدگدے اور نرم بچھونے پر سوتا۔ تو میری خوشی کا کوئی ٹھکانہ نہ ہوتا"۔

ابھی کہہ ہی رہا تھا کہ ایک ملائم آواز اُس کے کان میں آئی۔ "جا تیری خواہش پوری ہو جائے گی۔ تو بھی امیر بن جائے گا"۔

یہ عجیب و غریب آواز سُن کر گودکن ہکا بکا رہ گیا۔ اور آنکھیں پھاڑ پھاڑ کر اِدھر اُدھر دیکھنے لگا۔ مگر کچھ نظر نہ آیا۔ اس نے خیال کیا کہ یہ میرا وہم ہی وہم ہے۔ بھلا ایسے میرے نصیب کہاں؟ تھوڑی دیر بعد وہ اپنے اوزار اُٹھا کر امیر کے گھر سے پہاڑ کی طرف چل دیا۔ مگر اپنی بدقسمتی پر اتنا غمگین تھا۔ کہ آج کچھ کام کرنے کو اُس کا جی نہ چاہا۔ اور اُس نے سیدھا گھر کا راستہ لیا۔ لیکن جب

وہ اپنی جھونپڑی کے پاس پہنچا۔ تو کیا دیکھتا ہے۔ کہ اس کی جگہ ایک خوب صورت اور عالی شان محل کھڑا ہے۔ اسے دیکھتے ہی اُس کی حیرانی کی انتہا نہ رہی۔ اور وہ اسے ٹکٹکی کا ٹکٹکی رہ گیا۔ یہ محل قسم قسم کے قیمتی اور نفیس ساز و سامان سے سجا ہوا تھا۔ لیکن سب سے قیمتی اور خوب صورت چیز جو اس محل میں تھی۔ وہ سونے کا ایک پلنگ تھا۔ یہ امیر کے اُس گدگدے پلنگ سے بھی کہیں بڑھ چڑھ کر تھا۔ جسے دیکھ کر کوہ کن کا دل للچا گیا تھا۔ اسے دیکھتے ہی اس کی یہ حالت ہوئی۔ جیسے خوشی کے مارے دیوانہ ہو جائے گا۔ اب وہ اس محل میں امیرانہ ٹھاٹھ کے ساتھ زندگی بسر کرنے لگا۔ اُسے اپنا پتھر کاٹنے کا کام یک لخت بھول گیا۔ جیسے کبھی کیا ہی نہ تھا۔

گرمی کا موسم تھا۔ کڑاکے کی دھوپ پڑ رہی تھی۔ ایک دن تو اس قدر گرم لو چلی۔ کہ کوہ کن نے اپنے دل میں ٹھان لیا۔ آج گھر سے کہیں باہر نہ جاؤں گا۔ وہ اپنے گدگدے پلنگ پر لیٹ گیا۔ ابھی تھوڑی ہی دیر لیٹا تھا۔ کہ اُس کا دل اُکتا گیا۔ وہ وہاں سے اُٹھ کر کھڑکی کے پاس آ بیٹھا۔ اور بازار کی سیر دیکھنے لگا۔

اتنے میں ایک گاڑی اُس کے محل کے پاس سے گزری۔ یہ گاڑی نہایت خوش نما اور نفیس تھی۔ اور ایک درجن نوکر زری کی

وردیاں پہنے اِسے کھینچ رہے تھے۔ گاڑی میں ایک شہزادہ سوار تھا۔ اور دھوپ کے بچاؤ کے لئے اس کے سر پر ایک سونے کا چھتر لگا ہوا تھا۔ کوہ کن اِسے بہت غور سے دیکھتا رہا۔ جب گاڑی نظروں سے اوجھل گئی تو وہ اپنے دل میں کہنے لگا "کاش میں بھی کوئی شہزادہ ہوتا۔ میں بھی ایسی ہی نفیس گاڑی میں بیٹھتا۔ اور میرے سر پر بھی سونے کا چھتر تنا ہوتا۔ تو میں کس قدر خوش ہوتا"۔

اتنا کہنے پایا تھا۔ کہ پھر وہی ملائم آواز آئی "تیری خواہش پوری ہو جائے گی۔ تو بھی شہزادہ بن جائے گا"۔

اور واقعی وہ شہزادہ بن گیا۔ اُس کی گاڑی کے آگے ایک درجن نوکر تھے۔ جو سنہری وردیاں پہنے ہوئے تھے۔ اور ایک درجن اُس کی گاڑی کے پیچھے جو روپہلی پوشاکوں میں تھے۔ یہ سب نوکر اُس کی گاڑی کو چلا رہے تھے۔ اُس کے سر پر بھی سونے کا اور جواہرات سے سجا ہوا ایک چھتر تھا۔ اور وہ اپنے نوکروں کو جو حکم دیتا وہ اُسے بجا لاتے تھے۔ پہلے پہل تو اسے شہزادہ بننے کی بہت خوشی ہوئی۔ لیکن تھوڑے ہی دنوں میں اُس کی تمام خوشی جاتی رہی۔ اُس نے دیکھا کہ اُس کے باغ میں وہ پودے جنہیں وہ ہر روز اپنے ہاتھ سے پانی دیتا تھا۔ سورج کی گرمی سے مُرجھاتے جا رہے ہیں۔ اور چھتر کے ہوتے ہوئے بھی اُس کا چہرہ دھوپ سے سانولا ہو گیا

ہے اُس نے جھنجھلا کر کہا" واقعی سورج مجھ سے زیادہ طاقت ور ہے کاش میں سورج ہوتا"۔

اِس پر پری کی وہی ملائم آواز آئی "تیری خواہش پوری ہوگئی۔ جا تو سورج ہی بن جائے گا"۔

اتنا کہنے کی دیر تھی کہ کوہ کن سچ مچ سورج بن گیا۔ پھر تو خوشی کے مارے وہ پھولا نہ سماتا تھا۔ اُس نے دنیا کو اپنی طاقت دکھانی چاہی تیز کرنیں پھینک پھینک کر تمام کھیتوں اور باغوں کو جلا دیا۔ شاہوں سے لے کر گداؤں تک کے اور زمین کے سب بسنے والوں کے چہرے کالے پڑ گئے۔ لیکن تھوڑے ہی عرصے میں وہ اس کام سے بھی اُکتا گیا۔ اور پہلے کی طرح پھر بے چین رہنے لگا۔ ایک دن اُس نے دیکھا کہ بادل کے ایک ٹکڑے نے اُس کے آگے آ کر اُسے چھپا لیا ہے۔ اور دنیا والوں پر چھاؤں کر رہا ہے تب تو وہ جھلا اُٹھا اور کہنے لگا" ہاں بادل کے ایک ٹکڑے نے میری کرنوں کو قید کر دیا۔ یہ تو مجھ سے بھی طاقت ور ہے۔ کاش میں بادل ہوتا"۔

یہ سنتے ہی پری نے جواب دیا" یہ خواہش بھی پوری ہو جائے گی۔ جا تو بادل بن جائے گا"۔

پھر کیا تھا۔ وہ فوراً بادل بن گیا۔ اب اُس نے سورج کے آگے آ کر اُسے چھپا لیا۔ اور زمین پر مینہ برسانے لگا۔ تھوڑے ہی دنوں

میں ہر طرف سبزہ ہی سبزہ نظر آنے لگا۔ باغوں میں مُرجھائے ہوئے پھول پھر کھِل گئے۔ سوکھے ہوئے کھیت ہرے بھرے ہو گئے۔ یہ دیکھ کر وہ بہت ہی خوش ہوا۔ اور پہلے سے بھی زیادہ زور شور کے ساتھ مینہ برسانے لگا۔ پھر تو دریاؤں میں طغیانی آ گئی۔ تمام کھیتوں اور باغوں میں پانی ہی پانی بھر گیا۔ شہر اور قصبے تباہ ہو گئے۔ دنیا میں کھلبلی سی پڑ گئی۔ مگر وہ پہاڑ جس پر کوہ کن ہر روز چڑھ کر پتھر کاٹا کرتا تھا۔ اُسے ذرا بھی نقصان نہ پہنچا۔ وہ جوں کا توں کھڑا تھا۔ تب تو وہ حیران ہوا۔ اور کہنے لگا "کیا یہ پہاڑ مجھ سے زیادہ طاقتور ہے؟ کاش میں پہاڑ ہی ہوتا"۔

فوراً آواز آئی "جا تو پہاڑ ہی بن جائے گا"۔

پری کے اتنا کہنے کی دیر تھی کہ وہ واقعی پہاڑ بن گیا۔ اب وہ اپنی طاقت پر بہت مغرور ہو کر کھڑا تھا۔ سورج آندھی کوئی شے بھی اُسے ہلا جُلا نہ سکتی تھی۔ اب وہ خوش ہو کر کہنے لگا "آہا ہا! اب تو میں سب سے زیادہ طاقتور ہوں"۔

مگر ایک دن اُس نے ایک آہٹ سُنی۔ کیا دیکھتا ہے کہ ایک کوہ کن اپنے اوزار لئے ہوئے اس پر چڑھ رہا ہے۔ جب وہ چوٹی پر پہنچ گیا۔ تو اُس نے اپنے نوک دار تیشے سے پتھر پر ضربیں لگانی شروع کیں۔ اور کچھ دیر بعد ایک بڑا سا پتھر کاٹ کر نیچے پھینک

دیا۔ تب تو پہاڑ خوف کے مارے کانپ اُٹھا۔ اور چلّا کر کہنے لگا۔"ہیں! کیا زمین کے رہنے والے ایک چھوٹے سے انسان میں اس قدر طاقت ہے۔ کہ اُس نے مجھ جیسے طاقت ور کو ذرا سی دیر میں کاٹ کر رکھ دیا؟ آہ! کیا ہی اچھا ہوتا اگر میں انسان ہوتا!"

یہ سُن کر پہاڑ کی پری نے جواب دیا۔"جا تیری یہ خواہش بھی پوری ہو جائے گی۔ تو پھر انسان بن جائے گا"۔

اتنا کہنے کی دیر تھی کہ وہ پھر انسان بن گیا۔ اور پھر پہلے کی طرح پسینے میں بھیگا ہوا اپنے پتھر کاٹنے کے کام میں مصروف ہو گیا۔ اب وہی ٹوٹی پھوٹی جھونپڑی تھی۔ اور سونے کو وہی پھٹا پُرانا بوریا۔ اس پر کھانا بھی کم۔ مگر اب اُس نے اسی پر صبر و شکر سے گزارہ کرنا سیکھ لیا تھا۔ اور اب اُس کے دل میں اَوروں سے زیادہ طاقت ور یا دولت مند بننے کی ذرا خواہش باقی نہ رہی تھی۔ اُس نے پہاڑ کی پری سے پھر کبھی کسی قسم کی خواہش نہ کی۔ اور آخر کار تھوڑے ہی عرصے بعد اُس نے اپنے ہی کام میں سچی اور ہمیشہ رہنے والی خوشی حاصل کر لی۔

بچوں کے لیے دلچسپ کہانیاں

سات کہانیاں

مصنف: یوسف ناظم

بین الاقوامی ایڈیشن شائع ہو چکا ہے